This Notebook Belongs To

....

....

....

Mo   Tu   We   Th   Fr   Sa   Su
○   ○   ○   ○   ○   ○   ○

_____

Mo Tu We Th Fr Sa Su
○   ○   ○   ○   ○   ○   ○

Mo   Tu   We   Th   Fr   Sa   Su

○ ○ ○ ○ ○ ○ ○

_____

Mo Tu We Th Fr Sa Su
○   ○   ○   ○   ○   ○   ○

_____

Mo   Tu   We   Th   Fr   Sa   Su
○   ○   ○   ○   ○   ○   ○

_____

Mo Tu We Th Fr Sa Su
◯   ◯   ◯   ◯   ◯   ◯   ◯

Mo Tu We Th Fr Sa Su
○   ○   ○   ○   ○   ○   ○

_____

Mo   Tu   We   Th   Fr   Sa   Su
◯   ◯   ◯   ◯   ◯   ◯   ◯

Mo Tu We Th Fr Sa Su
◯   ◯   ◯   ◯   ◯   ◯   ◯

Mo   Tu   We   Th   Fr   Sa   Su

◯   ◯   ◯   ◯   ◯   ◯   ◯

Mo　Tu　We　Th　Fr　Sa　Su

◯　◯　◯　◯　◯　◯　◯

Mo Tu We Th Fr Sa Su
○   ○   ○   ○   ○   ○   ○

_____

Mo Tu We Th Fr Sa Su
◯   ◯   ◯   ◯   ◯   ◯   ◯

_____ Mo Tu We Th Fr Sa Su
                          ○   ○   ○   ○   ○   ○   ○

_____

Mo Tu We Th Fr Sa Su
◯   ◯   ◯   ◯   ◯   ◯   ◯

Mo   Tu   We   Th   Fr   Sa   Su

○   ○   ○   ○   ○   ○   ○

Mo Tu We Th Fr Sa Su
◯   ◯   ◯   ◯   ◯   ◯   ◯

○   ○   ○   ○   ○   ○   ○

Mo Tu We Th Fr Sa Su
◯   ◯   ◯   ◯   ◯   ◯   ◯

Mo Tu We Th Fr Sa Su
○   ○   ○   ○   ○   ○   ○

Mo Tu We Th Fr Sa Su
○ ○ ○ ○ ○ ○ ○

Mo Tu We Th Fr Sa Su

◯ ◯ ◯ ◯ ◯ ◯ ◯

Mo　Tu　We　Th　Fr　Sa　Su

_____

Mo Tu We Th Fr Sa Su
◯   ◯   ◯   ◯   ◯   ◯   ◯

Mo   Tu   We   Th   Fr   Sa   Su

◯   ◯   ◯   ◯   ◯   ◯   ◯

_____

Mo   Tu   We   Th   Fr   Sa   Su
◯   ◯   ◯   ◯   ◯   ◯   ◯

Mo Tu We Th Fr Sa Su

○   ○   ○   ○   ○   ○   ○

Mo   Tu   We   Th   Fr   Sa   Su
○   ○   ○   ○   ○   ○   ○

Mo Tu We Th Fr Sa Su
◯   ◯   ◯   ◯   ◯   ◯   ◯

Mo Tu We Th Fr Sa Su
◯   ◯   ◯   ◯   ◯   ◯   ◯

Mo Tu We Th Fr Sa Su
○   ○   ○   ○   ○   ○   ○

Mo　Tu　We　Th　Fr　Sa　Su
○　○　○　○　○　○　○

_____   Mo Tu We Th Fr Sa Su
                              ○   ○   ○   ○   ○   ○   ○

Mo　Tu　We　Th　Fr　Sa　Su
○　○　○　○　○　○　○

Mo   Tu   We   Th   Fr   Sa   Su

○   ○   ○   ○   ○   ○   ○

Mo Tu We Th Fr Sa Su

◯ ◯ ◯ ◯ ◯ ◯ ◯

Mo   Tu   We   Th   Fr   Sa   Su

○   ○   ○   ○   ○   ○   ○

Mo Tu We Th Fr Sa Su

〇 〇 〇 〇 〇 〇 〇

_____

Mo   Tu   We   Th   Fr   Sa   Su

◯ ◯ ◯ ◯ ◯ ◯ ◯

Mo   Tu   We   Th   Fr   Sa   Su
○   ○   ○   ○   ○   ○   ○

Mo   Tu   We   Th   Fr   Sa   Su

◯   ◯   ◯   ◯   ◯   ◯   ◯

Mo　Tu　We　Th　Fr　Sa　Su
〇　〇　〇　〇　〇　〇　〇

Mo Tu We Th Fr Sa Su
○   ○   ○   ○   ○   ○   ○

Mo Tu We Th Fr Sa Su
○   ○   ○   ○   ○   ○   ○

Mo Tu We Th Fr Sa Su
○   ○   ○   ○   ○   ○   ○

Mo   Tu   We   Th   Fr   Sa   Su

◯   ◯   ◯   ◯   ◯   ◯   ◯

_____

Mo Tu We Th Fr Sa Su

○   ○   ○   ○   ○   ○   ○

Mo   Tu   We   Th   Fr   Sa   Su
○   ○   ○   ○   ○   ○   ○

Mo Tu We Th Fr Sa Su
◯   ◯   ◯   ◯   ◯   ◯   ◯

Mo Tu We Th Fr Sa Su
○   ○   ○   ○   ○   ○   ○

Mo   Tu   We   Th   Fr   Sa   Su
○   ○   ○   ○   ○   ○   ○

Mo Tu We Th Fr Sa Su
◯ ◯ ◯ ◯ ◯ ◯ ◯

Mo Tu We Th Fr Sa S

◯ ◯ ◯ ◯ ◯ ◯ ◯

Mo   Tu   We   Th   Fr   Sa   Su

◯   ◯   ◯   ◯   ◯   ◯   ◯

Mo   Tu   We   Th   Fr   Sa   S

○   ○   ○   ○   ○   ○   ○

_____

Mo Tu We Th Fr Sa Su
◯   ◯   ◯   ◯   ◯   ◯   ◯

Mo Tu We Th Fr Sa S
○   ○   ○   ○   ○   ○   ○

Mo Tu We Th Fr Sa Su
◯   ◯   ◯   ◯   ◯   ◯   ◯

Mo   Tu   We   Th   Fr   Sa   S

◯   ◯   ◯   ◯   ◯   ◯   ◯

_____

Mo   Tu   We   Th   Fr   Sa   Su
◯   ◯   ◯   ◯   ◯   ◯   ◯

Mo   Tu   We   Th   Fr   Sa   S

_____

Mo Tu We Th Fr Sa Su
◯   ◯   ◯   ◯   ◯   ◯   ◯

Mo Tu We Th Fr Sa S

◯ ◯ ◯ ◯ ◯ ◯ ◯

Mo Tu We Th Fr Sa Su
◯   ◯   ◯   ◯   ◯   ◯   ◯

Mo Tu We Th Fr Sa S

○ ○ ○ ○ ○ ○ ○

Mo Tu We Th Fr Sa Su
◯   ◯   ◯   ◯   ◯   ◯   ◯

_____ ◯   ◯   ◯   ◯   ◯   ◯   ◯

_____

Mo Tu We Th Fr Sa Su
◯   ◯   ◯   ◯   ◯   ◯   ◯

_____

Mo Tu We Th Fr Sa Su
◯   ◯   ◯   ◯   ◯   ◯   ◯

Mo Tu We Th Fr Sa S

_____

Mo   Tu   We   Th   Fr   Sa   Su

◯ ◯ ◯ ◯ ◯ ◯ ◯

Mo Tu We Th Fr Sa S

○   ○   ○   ○   ○   ○   ○

Mo Tu We Th Fr Sa Su

○ ○ ○ ○ ○ ○ ○

Mo Tu We Th Fr Sa S

◯   ◯   ◯   ◯   ◯   ◯   ◯

Mo   Tu   We   Th   Fr   Sa   Su

○   ○   ○   ○   ○   ○   ○

Mo Tu We Th Fr Sa S

———————————————————————

〇   〇   〇   〇   〇   〇   〇

Mo   Tu   We   Th   Fr   Sa   Su

○   ○   ○   ○   ○   ○   ○

_____

Mo Tu We Th Fr Sa S

◯ ◯ ◯ ◯ ◯ ◯ ◯

Mo Tu We Th Fr Sa Su
◯   ◯   ◯   ◯   ◯   ◯   ◯

_____

Mo Tu We Th Fr Sa S

◯   ◯   ◯   ◯   ◯   ◯   ◯

Mo   Tu   We   Th   Fr   Sa   Su

○   ○   ○   ○   ○   ○   ○

_____   Mo   Tu   We   Th   Fr   Sa   S

○   ○   ○   ○   ○   ○   ○

Mo Tu We Th Fr Sa Su
○   ○   ○   ○   ○   ○   ○

_____ Mo Tu We Th Fr Sa Su
                          ◯   ◯   ◯   ◯   ◯   ◯   ◯

Mo   Tu   We   Th   Fr   Sa   S

◯   ◯   ◯   ◯   ◯   ◯   ◯

_____

Mo Tu We Th Fr Sa Su
◯   ◯   ◯   ◯   ◯   ◯   ◯

Mo Tu We Th Fr Sa Su
〇   〇   〇   〇   〇   〇   〇

Mo Tu We Th Fr Sa S

○ ○ ○ ○ ○ ○ ○

Mo　Tu　We　Th　Fr　Sa　Su
○　○　○　○　○　○　○

Mo Tu We Th Fr Sa S
○   ○   ○   ○   ○   ○   ○

Mo　Tu　We　Th　Fr　Sa　Su
○　　○　　○　　○　　○　　○　　○

_____

Mo   Tu   We   Th   Fr   Sa   S
◯   ◯   ◯   ◯   ◯   ◯   ◯

Mo Tu We Th Fr Sa S

◯ ◯ ◯ ◯ ◯ ◯ ◯

Mo   Tu   We   Th   Fr   Sa   Su

○ ○ ○ ○ ○ ○ ○

_____

Mo Tu We Th Fr Sa S
○   ○   ○   ○   ○   ○   ○

Made in the USA
Monee, IL
17 February 2023